ÉPITRES,

SATIRES, ÉPIGRAMMES

Par Ch. B.

Prix : 50 centimes.

1871

ÉPITRES,

SATIRES, ÉPIGRAMMES

ÉPITRES,

SATIRES, ÉPIGRAMMES

Par Ch. B.

1871

ÉPITRE A VEUILLOT

A PROPOS DE LA SUPPRESSION DU JOURNAL L'UNIVERS

—

(185.).

—

Frère Veuillot, quel est ce vilain bruit ?
Qu'ai-je entendu ? L'*Univers* est détruit ?
A l'avenir, plus de jérémiades,
De beaux sermons, ni de turlupinades !
Pleurez dévots, désolez-vous cagots,
Gémissez tous, sacristains et bedeaux !
Hélas ! vous n'aurez plus l'agréable lecture,
De ce bon *Univers*, qui donnait en pâture
Un petit cours bénin de diffamation,
Saintement mélangé de plus d'une oraison !
Pleurez, lamentez-vous, vieux donneurs d'eau bénite,
Anathématisez l'ordonnance maudite
Qui vient de supprimer de si rares vertus,
Pleurez, pleurez, car l'*Univers* n'est plus !

Quel dommage, Veuillot, quel dommage, saint homme,
Que l'on ne puisse pas en rappeler à Rome !
Quelle douleur
Remplit mon cœur !
Il faudra désormais vous tenir bien tranquille,
Vous ne pourrez donc plus dégorger votre bile !
Prenez garde, Veuillot, car rien n'est plus malsain
Que le venin rentré d'un dévot écrivain !

—

Nous espérons que Dieu, dans sa bonté profonde,
Voudra vous conserver pour le bonheur du *Monde*,
Mais si le sort cruel vous appelait là-bas,
C'est-à-dire, là-haut d'où l'on ne revient pas ;
Enfin, quand vous aurez monté la grande Échelle,
Et que vous serez près de la sainte séquelle,
Du Dieu de l'*Univers* apaisez le courroux,
O saint Veuillot, priez pour nous !

A L'ABBÉ CAFARD

PAMPHLÉTAIRE BAS-BRETON.

—

(186.).

—

Salut, petit abbé, pédant de sacristie,
Petit prêtre rageur que dévore l'envie;
Salut, écrivassier, rebut de l'*Univers*,
C'est à toi, cher *Cafard* que j'adresse ces vers.

—

D'où te vient, s'il te plaît, cette rage d'écrire,
Qui te fait contre tous essayer la satire?
Te crois-tu, depuis peu, par la grâce d'en-haut,
Devenu tout d'un coup un auteur sans défaut?
Te crois-tu passé maître en l'art de la critique,
Pour déverser partout ton fiel évangélique?
Dis-moi, méchant auteur, péroreur de salons,
D'où te vient la fureur d'imprimer tes sermons?
Pourquoi vomir toujours la menace et l'injure
Et souiller le papier de ta pensée impure!

Tu veux, je le vois bien, Veuillot de basse-cour,
Sortir de ton village et devenir un jour
Gros curé de canton ou membre du chapître,
Tu veux même, peut-être, aspirer à la mître !

—

Crois-moi, laisse la plume et ferme ton bureau,
Confesse tes paysans, dirige ton troupeau,
Exploite à ton profit la race moutonnière,
Et ne remets jamais les pieds dans la carrière !

LA QUÊTEUSE

(TYPE).

C'est elle ! attention ! regardez ! la voilà !
Le gros suisse en avant, plus grave qu'un pacha
Fend les flots de la foule. Un bonhomme de prêtre,
Son cornac obligé, mais fort heureux de l'être,
La conduit par la main. Elle avance à pas lents,
Les yeux demi-voilés, mais encor très-brillants;
Modeste en son maintien, modeste en son allure,
Mais laissant volontiers admirer sa parure,
Souriante aux louis, dédaigneuse aux gros sous,
Et ne comprenant pas qu'il entre des *Voyous !*
— Grâce à Dieu cependant, la quête sera bonne,
Et surpassera bien celle de la baronne.
Mais aussi la pimbêche a l'air si déplaisant !
Elle semble quêter à son corps défendant !
— On approche du chœur. On soigne sa tenue,
Et l'on rougit beaucoup pour paraître ingénue.
—L'Évêque est sur son trône. Ah mon Dieu! quel bonheur,
D'attirer un instant les yeux de Monseigneur !
Monseigneur a souri. — C'est vraiment un bel homme !
Comment, après cela, ne pas quêter pour Rome !

**

LA CRUCHE REMPLIE

CONTE

(Du temps de l'Empire).

Tant va la cruche à l'eau qu'enfin elle s'emplit,
Jamais, au grand jamais, ce dicton ne mentit.
La M*** en est bien une preuve vivante,
Plaignez tous le malheur de la pauvre innocente !
La candide princesse avait quelques amants,
Son mari permettait ces légers passe-temps.
Notre jeune princesse, encore un peu novice,
S'y mettait de bon cœur, sans entendre malice,
Et jouait à tout coup sans tricher nullement,
Prenant goût à ce jeu qu'elle jouait souvent.
Un beau jour à la fin, elle vit avec peine,
Que sa taille s'enflait, qu'enfin elle était PLEINE !
Jugez de son chagrin ! il lui fallait rester
Quelque temps à la Diète. — Au diable le métier !
Dit la belle en jurant. Que le tonnerre emporte
L'animal qui m'a fait le bâtard que je porte !
Ah ! si je savais qui ! — Mais cette pauvre enfant
Ne pouvait le savoir, car elle en avait tant !

SUR L'AIR :

LA BONNE AVENTURE, O GUÉ !

(18..).

I.

Autrefois Républicain,
De Lamoricière
Est devenu sacristain
De notre Saint-Père ;
C'est un miracle de plus,
Gloire au saint nom de Jésus !
C'est un grand mystère
O gué !
C'est un grand mystère !

II.

L'illustre et brillant vainqueur
De la Kabylie,
Aujourd'hui le défenseur
De la Sacristie,
Fait manœuvrer ses soldats

Un bon parapluie au bras,
De peur de la pluie
O gué !
De peur de la pluie !

III.

Bien bénis du haut en bas,
Et la croix en tête,
Il les fait marcher au pas...
A plus d'une fête ;
Confessés par les légats,
Il les prépare aux combats
Par une *Retraite*
O gué !
Par une *Retraite !*

IV.

L'on va voir ce fier-à-bras
Engager la lutte,
Mais il pourrait bien, hélas !
Faire la culbute ;
Si ce malheur arrivait,
Tout chrétien lui voterait
Un bon parachûte
O gué !
Un bon parachûte !

V.

On trouve ce général
Par trop *militaire*,
Et pour un soldat papal
Un peu téméraire;
C'est un *Bedeau* qu'il fallait
Pour contenter à souhait
Le saint ministère
O gué!
Le saint ministère!

***

A MONSIGNOR VIEILLOT

SONNET,
GENRE VIEILLOT
(1871).

O *Monsignor* manqué, vieux porteur d'eau bénite,
Sapajou contrefait, aussi laid que méchant;
Auvergnat malappris, insulteur émérite,
Vieillot, mon bon ami, je ris en te lisant.

Tu te crois quelque chose, et veux régner à Rome,
Faire marcher au pas prélats et cardinaux;
Donner le ton partout, et jouer au saint homme,
Anathématisant les honnêtes journaux!

On ne te répond pas, car on craint ta morsure.
Qui voudrait affronter cette immonde souillure,
Le dégoûtant venin d'un écrivain bigot!

Notre Epoque, mon vieux, gardera la mémoire
Du Père de l'Eglise à face d'écumoire,
Qui mérita le nom de *Monsignor* Vieillot!

A PROPOS DE LA PROCLAMATION DE L'INFAILLIBILITÉ

(1870).

Les canons du Saint-Père.
A grand bruit vont tonner,
Et dans tout presbystère
On va gueule... tonner...
Les pères du Concile
Vont-ils donc s'en donner !
C'est au chrétien docile
Qu'est la carte à payer.
Comblez ce gouffre horrible,
Chrétiens, payez toujours,
En monnaie *infaillible*
En monnaie ayant cours
Illuminez fidèles,
Éclairez tous les soirs,
Seulement aux chandelles
Mettez des ÉTEIGNOIRS.

SUR L'INFAILLIBILITÉ

(1870).

Le Pape est désormais forcé d'être infaillible,
Ce serait révoltant si ce n'était risible ;
Mais du moins le Saint-Père aura cet agrément
De se tromper parfois *très-infailliblement*.

ÇA N'SE PEUT PAS!

REFLEXIONS D'UN VILLAGEOIS.

Notre curé nous dit en chaire,
Que le Saint-Père est sur la terre,
De Dieu l'infaillible vicaire,
Que SEUL il ne se trompe pas;
Mais moi je dis, tout bas, tout bas :
Çà n'se peut pas, çà n'se peut pas !

Puis il nous prêche l'abstinence,
Nous défendant le vin, la danse,
Et nous condamnant à l'avance
A l'enfer après le trépas.
Mais moi je dis, tout bas, tout bas :
Çà n'se peut pas, çà n'se peut pas !

Il veut nous mettre en la caboche,
Que pour un rien, une anicroche,
On nous mettra tous à la broche,

Ou sur le gril de Satanas ;
Mais moi je dis tout bas, tout bas :
Çà n'se peut pas, çà n'se peut pas !

—

Quand nous serons dans la marmite
Où la canaille sera cuite,
Il prétend que son eau bénite
Eteindra tout le feu là-bas ;
Mais moi je dis tout bas, tout bas :
Çà n'se peut pas, ça n'se peut pas !

—

Puis il dit que la République,
Cent fois pire que la colique,
N'a pour soutiens que de la clique,
Des partageux, de mauvais gas ;
Mais moi je dis tout bas, tout bas :
Çà n'se peut pas, ça n'se peut pas !

AUX ÉLECTEURS,

A PROPOS DU PLÉBISCITE

(8 Mai 1870).

Si vous croyez à la panique
Que répand une infâme clique
Avec un art très-diabolique ;
Votez tous à la mécanique,
Votez pour un nouveau Mexique,
Pour un gros budget hydropique,
Pour une Chambre rachitique,
Pour un Sénat paralytique,
Pour un cabinet despotique,
Et pour un régime EMPIRIQUE !

Mais, si méprisant leur tactique
Et vous moquant de leur rubrique
Vous voyez clair dans la boutique,
Sauvez la fortune publique
Et la liberté politique,
Déposez un NON énergique !

SUR LA CONVERSION DE LA RENTE

DIALOGUE

(Sous l'Empire).

— L'on parle dans Paris d'une conversion,
Serait-ce par hasard celle de Bonaparte?
Ça me ferait plaisir en attendant qu'il parte!
— Hélas! Détrompez-vous! L'Auguste polisson
Ne songe qu'à ronger le peuple qu'il régente;
Cette conversion, c'est celle de la Rente.

SUR LE PILLAGE DU PALAIS D'ÉTÉ

(Campagne de Chine).

On prétend que grâce au pillage
De ce fameux Palais d'Été,
Notre cousin a rapporté
De quoi bien payer son voyage.
Cela ne serait pas si sot ;
Mais ce n'est qu'une calomnie,
Car de cette chinoiserie
Il n'a rapporté qu'un *magot*.

SUR L'ÉLECTION DE M. DE CHAMPAGNY

PAR L'ACADÉMIE.

—

DIALOGUE.

—

— Monsieur, connaissez-vous un certain Champagny?
— Champagne I, dites-vous? On dit Champagne AÏ.
— Mais non, c'est un auteur de notre Académie.
— Et qu'a-t-il fait? Un prône ou quelque litanie?
— Ma foi, je ne sais trop, mais notre curé dit
Qu'il pratique beaucoup, dès-lors cela suffit.

A PROPOS DES ÉLECTIONS DE ST-MALO

(1869).

Sur l'air : Partant pour la SCIERIE.

Chassé de l'*Arcadie*,
Un malheureux *Roussin*,
Trottait vers sa patrie
En braillant ce refrain :
O ville de Cancale,
Disait-il en partant,
Combien tu m'es fatale ! } *bis*
Hi han, hi han, hi han ! }

AUX ÉLECTEURS DE L'ARRONDISSEMENT DE ST-MALO

O mulets entêtés, ô mulets que vous êtes,
Dignes d'être menés à grands coups de gourdin !
Electeurs, mes amis, vous n'êtes que des *bêtes*,
Puisque pour député vous nommez un *Roussin*.

SUR UN HOBEREAU

Il fait l'âne savant à propos de blason,
Parle de sa noblesse et de son Ecusson,
Menaçant les rieurs de sa noble flamberge :
La broche que tournait son grand-père à l'auberge!

AU MÊME

QUI DISAIT QUE J'ÉTAIS VILAIN.

Je suis vilain, dis-tu : Je ris de ta colère.
Car malgré le blason qu'acheta ton grand-père ;
Quoique tu sois toujours *la savonnette* en main,
Tu resteras *vilain*, mon cher, et *très-vilain* (1).

---

(1) Autrefois, quand un individu se faisait anoblir, on disait qu'il avait acheté *de la savonnette à vilain*.

LA SITUATION

(Octobre 1870.)

A Paris, l'on creuse et l'on mine,
Partout en France on s'extermine,
En Prusse on crie à la famine,
A Vienne on lit, on examine,
A Saint-Pétersbourg on rumine,
En Angleterre on récrimine,
A Rome on fait bien triste mine
Et dévotement on fulmine ;
Chez Bonaparte on illumine
Et l'on régale la vermine.

SUR NAPOLÉON III

Comme un chancre rongeur il dévora la France,
Avec quelques bandits faisant noce et bombance,
Jusqu'au jour où, taré, le misérable escroc
Ne pouvant plus voler, nous vendit tous en bloc.

AU DRAPEAU TRICOLORE

RÉPONSE A M. DE CHAMBORD.

L'on veut te renier, Drapeau cher à la France,
Mais le Peuple Français saura te maintenir ;
Et lorsque sonnera l'heure de la Vengeance,
On ne nous verra pas te livrer, te trahir.

Oui, nous te vengerons, cher Drapeau tricolore !
Dans un proche avenir tu brilleras encore
Par un jour de victoire aux rayons du soleil,
Comme après un orage apparaît l'arc-en ciel !

Brest. — Imp. J.-P. Gadreau.

www.ingramcontent.com/pod-product-compliance
Ingram Content Group UK Ltd.
Pitfield, Milton Keynes, MK11 3LW, UK
UKHW021158230726
13926UKWH00001B/167

9 782014 069594